Dietmar Seitz

Bin ich Alfons Zitterbacke?

Inhaltsverzeichnis

Vorwort

Es gibt kaum ein Kind, welches nicht durch Gerhardt-Holtz-Baumerts unübertroffene Geschichten über
“Alfons Zitterbacke” und seinen Lausbubengeständnissen zur Leseratte wurde. Heute, im vorgerückten Alter, erinnere ich mich gern an diese Geschichten und jene Zeit meines Kind- Daseins. Obwohl es eine erfundene Figur war, stelle ich in einigen Dingen Parallelen fest, als Lausbub oder Pechvogel... .

Eines möchte ich gleich vornweg sagen, es lief nicht alles glimpflich für mich ab, auch wenn manches recht lustig anmutet. Bei argen Fällen wurde mir auch schon mal der Hintern versohlt und so wird die eine oder andere Geschichte mit den Worten meines Vaters enden: “ geh in die Schlafstube und mach das Fenster zu “, wonach ich dann mit heruntergelassenen Hosen bäuchlings auf dem Bett lag und seine blanke Hand auf meinem Gesäß gemäßigt hart spüren musste. Denn Strafe musste nun mal sein. Trotz dieser “Erfahrungen” blicke ich, voller Dankbarkeit an meinen Vater und meine Mutter, auf diese Zeit zurück und ich bin froh und glücklich, dass ich diese Jahre in Geborgenheit und Unbeschwertheit erleben durfte.

Eigentlich war immer tolles Wetter an diesen Tagen in

Neukirch/L., die Sonne schien,
es waren Tage an denen man, wie man so schön sagt, Schulden machen konnte.

Mein Dorf, Neukirch/Lausitz, eingebettet zwischen dem fast 600 Meter hohen Valtenberg im Süden und dem Pichoberg im Norden des Oberlausitzer Berglandes. Ein eingetragener Erholungsort war es damals.

Hier, in “meinem” Haus, der Nr. 17, auf der Ernst-Thälmann-Straße, wurde ich am 30.12.1953 geboren, hier besuchte ich die

Lessing-Schule und hier passierten diese kleinen und größeren (Un) Fälle, wie sie eigentlich überall und jedem Kind passieren können.

Oft denke ich mit einem Lächeln daran zurück, denn es war mein Eintritt ins große Leben, es war meine Kindheit!

*

1 **Das Schriftstück** oder **Wie ich Erwachsen werden wollte**

Frühjahr 1960. Es war ein großes Jahr für mich. Ich sollte in die Schule kommen. Gott sei Dank raus aus dem Kindergarten, dort gehen doch nur die Kleinen hin. Ich war ja nun schon groß.
Eine Zuckertüte sollte ich bekommen und dann endlich so richtig Lesen und Schreiben lernen.

Oh, ich wollte nun unbedingt raus aus den Kinderschuhen, wollte es allen zeigen, dass ich schon wie ein Erwachsener sein kann.
Das bisschen Lesen und Schreiben lernen, geht doch dann schnell.
Zu dieser Zeit kam es ab und zu vor, dass ein Vertreter, ein Veteran des 2. Weltkrieges, jemand von der Kirche oder einer Partei an den Wohnungen klingelte und für ein Schreiben eine Unterschrift abverlangte.
Ich glaube Unterschriftenlisten waren damals gerade an der Tagesordnung. Die Leute waren verunsichert, es wurde oft von Veränderungen oder gar von einem neuen Krieg gesprochen. Irgendwie, irgendwo stand ein Kapitalismus an den Grenzen unseres Landes, der DDR, und den wollte man auf gar keinen Fall rein lassen.
Also wenn es bei uns klingelte und so ein "Vertreter" stand an der Wohnungstür, war ich immer sehr beeindruckt; er war gut gekleidet, meistens mit Anzug und Krawatte, und sehr vornehm.

Man merkte sofort, dass der Mann etwas besonderes war, der

hatte auch was zu sagen, denn meine Eltern unterschrieben meist solche vorgelegten Schriftstücke sofort.

Unterschriften sammeln, von Haus zu Haus gehen können, keine Angst zu haben vor allen Leuten wo man hinkommt, dass kann nicht jeder. So Einer wollte ich auch sein.

Aber warten, bis ich groß und so alt bin wie der..., nein. Ich wollte es gleich allen zeigen, dass ich es bringe, Unterschriften einzuholen.

Aber mir fehlte ein richtiges Schreiben. Ich selbst konnte ja noch nicht schreiben. Und lesen auch nicht. Es ist schon nicht einfach, ein "amtliches Schreiben" zu besitzen und dafür Unterschriften zu bekommen. Und jemanden fragen, wie das geht und wie man es macht, ist ja vielleicht auch blöd.

Außerdem sollte es vorneweg niemand erfahren. Ich wollte die Leute mit meinem Können überraschen und alle sollten über mich staunen.

Ich wusste, dass mein Vater in der Schlafstube im Kleiderschrank eine alte Zigarrenkiste mit solchem Papierkram stehen hat. Vielleicht finde ich dort was passendes für mein Vorhaben.

Gesagt - getan.

An einem Tag, wo ich allein zu Hause war, begab ich mich in die Schlafstube meiner Eltern und öffnete den Schlafstubenschrank. Ich sollte dort zwar nicht reingehen, und Mutti sagte, das geht mich dort nichts an, aber diesmal musste es sein, für eine gute Tat.

Ganz unten, unter irgendwelchen Sachen, fand ich diese Kiste, die Vater oft schon mal herausgeholt hatte. Oh, da waren ja eine Menge brauchbarer Schreiben drin. Nun brauchte ich mir nur noch das Richtige auszusuchen.
Und ich fand eins. Schöne Schrift, schön verschnörkelt,

Überschrift, Unterschrift, alles da. Ok, das nehm ich.
Jetzt stand nur noch die Frage: wann gehe ich auf Tour? Die Leute müssen auch zu Hause sein. Und meinen Eltern wollte ich das Ergebnis meiner Unterschriftensammlung im Anschluss mittels Überraschungsvorstellung auch gleich brühwarm unterbreiten.
Also, das Beste wäre ein Sonnabend. Und er Sonnabend kam.
Es war an einem wunderschönen Sonnabend Vormittag. Ich hatte gerade nichts besseres zu tun, als mit “meinem” Schreiben von Haustür zur Haustür gehen zu wollen.
Ich zog mir eine gute Sonntag’s - Hose an, so eine zum Spazieren gehen, und kämmte meine Haare noch mal ordentlich. So, wo fange ich denn eigentlich an mit meiner Vorstellung, soll ich die ganze Straße abklappern?
Mir fielen spontan unsere unmittelbaren Nachbarn ein. Familie H. mit ihrer Oma über uns, und noch eine Etage höher die Familie B., dort, wo mein Freund Norman und seine Schwester Undine wohnten.
Mein Vater nannte den Herrn H. immer “Roter”. Wer weiß warum, rote Haare hatte der doch keine..., oder doch?
Egal, kurze Rede - langer Sinn, also ich fange beim “Roten” an.
Ich begab mich mit meinem Schriftstück eine Etage höher und

klingelte bei "H". Ich hörte Schritte im Flur und kurz darauf wurde geöffnet. Der "Rote" öffnete selbst. "Na mei kleena Dietmo, was willst denn?", war gleich seine Begrüßungsfrage.

'Kleena Dietmo..., der spinnt wohl', dachte ich. So klein bin ich ja nun auch nicht, auch wenn ich erst sechs war - konnt ich schon wie ein Erwachsener...! Naja.

"Herr H..., ich habe hier ein Schreiben. Das müssen sie sich gleich einmal durchlesen und unterschreiben. Und ihre Frau und die Oma sollen auch gleich mit unterschreiben", waren meine eingelernten Worte, die ich sehr exakt hersagte, und übergab mit geübtem Schwung das Blatt Papier zum durchlesen.

Nun musste der "Rote" erst einmal seine Brille holen, während meine innere Spannung immer weiter anstieg - mir war als müsste ich dringend aufs Klo. Dann kam er, nahm das Schreiben

und las... und las... und las .

Er las das Schreiben bestimmt zwei oder drei Mal durch. Dann rief er seine Frau, die kam dazu und las still mit.

Zwischendurch lächelten beide so vor sich hin. Und das war gut so, es gefiel ihnen offenbar, und ich war froh darüber.

Da hatte ich ja das richtige Schreiben aus der Zigarrenkiste genommen. In dem Moment war ich richtig stolz auf mich.

Ich stand nun da, mit gekreuzten Beinen (ich glaube, ich Musste ganz dringend!), und wartete auf die Unterschriften.

Plötzlich die Worte des "Roten": "...na was haste uns denn da angedreht, da müss ma glei mal mit deim Papa redn."

Das war mir natürlich nicht so recht, die sollten do

wenigstens erst einmal unterschreiben.
Aber das taten die nicht, sondern gingen gleich mit mir runter zu uns, und ich sollte Vater rausholen.
Mein Vater nahm das Schreiben prompt zurück. Er bekam einen roten Kopf und entschuldigte sich für mein Verhalten.
Zu mir sagte er nur kurz: "...geh in die Schlafstube und mach das Fenster zu!"
Kurz darauf bekam ich einen knallroten Hintern und erfuhr, dass es sich bei dem Schriftstück um einen erotischen Liebesbrief meines Vaters an meine Mutter handelte.
Also Unterschriften einholen war wohl doch nicht so mein Ding gewesen.
Und der Schlafstubenschrank wurde fortan abgeschlossen.

*

2 Frank's große Ausfahrt

Der Weihnachtsmann schenkte meiner Tante Gudrun, der Schwester meiner Mutter, einen Sohn. Genau am 24. Dezember 1960 wurde mein Cousin Frank geboren.

Das war für mich eine tolle Sache. Ich hatte keine Geschwister und so bildete ich mir Frank wie einen Bruder ein.

Bald danach fuhren wir nach Bautzen, denn dort wohnte nun der kleine Frank, um ihn zu besichtigen. Gott war der niedlich, so klein und mit riesengroßen Augen.

Ich konnte es kaum erwarten, ihm zu zeigen, was auf der Welt so los ist, oder gemeinsam mit ihm rumzutollen. Aber dazu sollten wohl noch einige Jahre vergehen.

Zwar besaß ich schon einen Cousin, den großen Klaus, Sohn meiner Tante Annelies, zweite Schwester meiner Mutter, aber der hatte mit sich und der Schule mehr zu tun, als mit mir sich abzugeben. Also musste ich eben warten.

Ostern 1961 kam heran.

Frank war nun schon drei Monate alt und viel kräftiger als erst. Karfreitag sollte es endlich soweit sein, dass er mit seinen Eltern zu uns nach Neukirch kam, um mich zu besuchen.

Neukirch hatte der noch nie vorneweg gesehen, und das wollte ich ihm unbedingt zeigen. So freute ich mich natürlich riesig auf den Tag, wo der Besuch bei uns eintraf.

Es war ein herrlich schöner Tag, die Sonne lachte und das Grün der Pflanzen begann schon zu sprießen. Unsere Bleichwiese hinterm Haus war voller bunter Krokusse und Narzissen - Betreten Verboten! Oh Frank, mein bester und liebster Bruder. In einem chicen Kinderwagen kam er daher. Modern, große Räder, hoch gebaut - weiß.

Nach der allgemeinen Begrüßung und Begutachtung des kleinen Frank durch alle Familienmitglieder, gab es Kaffee und Kuchen.

Aber ich drängelte schon, ich wollte mit Frank raus gehen, ihm ein Stück Neukirch zeigen, vielleicht meine Schule, in die ich nun schon über ein halbes Jahr ging. Denn ich war bereits groß und ein Schulkind.

Endlich gab man meinem Drängeln nach. Ernst gemeinte Ratschläge, wie: "geh nicht auf die Straße, bleibe im Hof mit dem Wagen", nahm ich ungeduldig an.

Mir war wichtig, mit Frank alleine zu sein und ihm alles zu erzählen was er wissen sollte.

Der Kinderwagen wurde nach draußen gebracht und Frank schön eingebettet. Das erste Mal nun schob ich einen Kinderwagen, und dass war toll, denn es war ja mein "Bruder".

Erst ging ich bis zum Hoftor und zeigte ihm die Straße bis zur Schule und unseren Rodelberg gegenüber. Dann wollte doch noch ein kleines Wagnis eingehen - schräg über die Straße bis zum Spielplatz, wo die Schaukel und das Karussell standen. Das wollte ich ihm unbedingt zeigen, denn dort sollten wir später zusammen rumtollen.

Kurz darauf jedoch mahnendes Klopfen am Stubenfenster meiner Eltern, "... nicht auf die Straße gehen!!!"

Nun gut, wieder zurück in den Hof und hinter zur Bleichwiese. Um diese Wiese führte eine Art Trampelpfad herum. Und diesen Weg benutzte ich nun. Dabei erzählte ich Frank einige wissenswerte Dinge, die er sich merken sollte.

Dann spielte ich mit Frank und seinem Kinderwagen - schob ihn an, ließ los und der Wagen rollte allein, bis er von selbst stehen blieb. Dann wieder , den Wagen kräftig anschieben,

loslassen - und der Wagen rollte allein bis er wieder stand.
Und Frank lachte dabei, das mag ihm schön im Bauch gekrabbelt haben. Plötzlich stieß der Wagen an einen etwas hochgezogenen Gullydeckel, mitten auf dem Wiesenweg. Na das war vielleicht blöd, ich muss da drüber, egal wie. Ich zog den Wagen ein Stück zurück, nahm etwas Anlauf, um ihn mit Schwung über diese Erhöhung zu fahren.
Und da geschah es: den Kinderwagen hob es aus, er neigte sich zur Seite und ... kippte um. Der gesamte Inhalt lag nun auf der Wiese - die Kissen, Decken und irgend wo dazwischen: Frank. Und Frank schrie, schrie was das Zeug hergab. Ich forderte ihn auf ruhig zu sein, die Leute in der Nachbarschaft schauten schon zu mir, und ich wollte in dem Moment bestimmt nicht im Blickpunkt der Öffentlichkeit stehen. Aber er hielt nicht inne und schrie mit Volldampf weiter.
Ich versuchte nun den Wagen aufzustellen und alles gleich wieder hineinzutun, aber es gelang mir nicht so richtig.
Mittlerweile waren nun auch meine Eltern und Verwandten vom Vorfall unterrichtet worden, sie kamen angerannt und ein regelrechtes Donnerwetter prasselte auf mich nieder. Eine Backpfeife meiner Mutter musste ich mir einstecken.
Für eine Weile konnte ich dann den Frank nicht mehr leiden und wollte ihn auch als meinen "Bruder" nicht mehr haben.
Aber es war eine Frage der Zeit, und so haben wir dann später doch ganz doll zusammengehalten und einige Schabernacke angestellt.

*

3 Wie ich berühmt wurde

Es war 1962. Ich war acht Jahre alt und stolzer Besitzer eines luftbereiften Rollers.

Ein großes Ereignis stand ins Haus: der Zirkus kam ins Dorf.

Der schöne Tag, die Ankunft des Zirkus mit allesamt den vielen Tieren, ließ ein richtiges Hochgefühl in mir aufkommen. Oh, da war was los unter uns Kindern. Keiner konnte es erwarten bis die bunten Wagen auf dem Festplatz am Hotel "Oberland" eintrafen. Und eines war klar, sobald der Zirkus ankam, sind wir hin und boten uns an, den Zirkusleuten beim Zeltaufbau oder der Tierhaltung zu helfen. Tierhaltung, dass heißt soviel, die Tiere vor dem Auftritt in der Manege vom Stallzelt zum Zirkuszelt zu führen, aber auch wieder nach deren Vorstellung am Zelt abzufangen und wieder in den Stall zu bringen.

Und als Lohn erwarteten wir die ersehnte "Freikarte". Das war schon immer so; das wird auch bleiben so; jedenfalls hieß es

damals so.

Und die Zirkusleute nahmen jede helfende (Kinder)Hand gern an. Sie machten sogar einen Einsatzplan mit uns, denn wir waren Viele. Jeder wollte schließlich seine "Freikarte".

Zum Zeltaufbau haben sie mich nicht genommen. Gut, ich sah vielleicht etwas kraftlos aus, immer schon etwas lang und dünn..., aber zäh und stark war ich trotzdem. So ließ ich einfach nicht locker. Und auch ich wurde gebraucht; am darauffolgenden Tag sollte ich meine "Freikarte" bei der Tierhaltung zur Nachmittagsvorstellung abarbeiten.

Diese Aufgabe war das Schönste, was mir passieren konnte, denn ich liebte Tiere über alles. Im Dresdener Zoo war ich schon viele Male mit meinem Vater, und ich konnte stundenlang vor den Affenkäfigen stehen und dem lustigen Treiben zusehen.

Nun durfte ich hautnah bei den Tieren sein, Pferde, Kamele, Esel und Lamas anfassen, streicheln und zur Manege führen.

Am nächsten Tag wollte ich es kaum abwarten, dass die Zeit rann war und ich zum Zirkus konnte. Nachmittags um Zwei ging es endlich los. Mit meinem neuen Roller fuhr ich bis zum Postamt. Dort befand sich ein Schuttplatz, direkt oberhalb der Festwiese, wo man das bereits aufgebaut, leuchtend blaue Zelt stehen sah. Den Roller schob ich nun den Abhang vom Schutt zur Festwiese herunter und begab mich zu einem Zirkusmann an einem kleineren Zelt, worin sich die die Pferde befanden. Ich meldete mich an und sagte, dass ich jetzt da wäre um die Tiere zu führen. Der Mann antwortete darauf, dass es ist gut sei, ich könne bleiben, aber mein Roller könne hier nicht herumstehen.

Kurz überlegt, dachte ich mir schnell ein Abstellort für meinen Roller aus. Flink schaffte ich ihn wieder rauf zum Schutt und versteckte ihn zwischen mehreren Schutthaufen mit Asche und Geröll. Von nahestehenden Bäumen knickte ich noch ein paar Äste ab und legte diese auf den Roller. "So ist's ok......", dachte ich und begab mich flugs wieder zum Zirkus. Noch eine Stunde war Zeit bis die Nachmittagsvorstellung begann. Jetzt bekam ich erst mal die Einweisung, indem mir erklärt wurde, wie und wann ich die einzelnen Tiere zur Manege zu führen hatte. Tolle Tiere waren das, und sie wurden immer schöner, denn sie bekamen Schmuck auf die Köpfe, bunte Federn und Glocken, und farbige Riemen wurden um die Leiber gelegt.

Als es dann los ging, fühlte ich mich wie dem Zirkus zugehörig. Ich war der Tierbändiger, ich sah mich schon als Löwen- und

Elefantendompteur. Ich wollte berühmt sein und die ganze Welt bereisen.

Die Pferde, Esel, Lamas und Zebras hörten auf mich und ließen sich freiwillig zur Manege führen. Von drinnen drang Zirkusmusik an meine Ohren, und die Welt hinter den Kulissen war spannend wie nie. Geschäftiges Treiben herrschte da. Akrobaten, Tiere, Clowns, der Zirkusdirektor - alle geschminkt und in Kostümen, bunt wie meine Kinderwelt und ich mitten drin.

Die knapp drei Stunden der Vorstellung vergingen wie im Fluge und schon war es Abends.

Normalerweise hätte ich nach Hause gemusst, denn zum Abendbrot sollte ich wieder da sein. Nun fragte mich der Zirkusmann aber, ob ich nicht Lust hätte, in der Abendvorstellung weiterzumachen, welche um halb acht beginnt.

Und ich hatte Lust, große Lust sogar. Am liebsten wäre ich für immer beim Zirkus geblieben, denn diese Atmosphäre hielt mich regelrecht gefangen. Ich dachte, meine Eltern wissen doch, wo ich bin, und wenn es etwas später würde, ginge dies schon klar. Hoffte ich !

Nun wurde alles noch viel schöner, denn die bunten Lichter wurden angeschalten. Alles strahlte und die Konturen des Zirkuszeltes, der vielen Wagen, der Umzäunung wurden durch tausende Lämpchen erhellt. Mir ging ein richtiges Grippeln durch den Körper.

Und wieder begann das Vorführen der Tiere zur Manege. Ich gab mir toll Mühe und es lief alles wie am Schnürchen.

Die Nacht senkte sich langsam nieder und es wurde immer dunkler, aber um so mehr kam die ganze Beleuchtung des Zirkus zur Geltung. Trotzdem bekam ich mit der Zeit ein etwas mulmiges Gefühl, wegen meiner Eltern. Werden die sich vielleicht doch Gedanken um mich machen, wo ich bleibe?

Ich fragte den Zirkusmann nach der Uhrzeit, es war mittlerweile kurz vor Zehn. Darauf sagte ich zu ihm, dass ich nicht länger

bleiben könne, ich muss nach Hause.
Während dieser Zeit hatte ich ein wunderschön geschmücktes Pony vor die Manege geführt. Der Zirkusmann kam dazu und setzte einen Rhesusaffen auf den Rücken des Pferdes.
Dann sprach er mich an und fragte, ob ich ihm einen Gefallen tun könnte, und von der nahegelegenen Gaststätte eine Schachtel Zigaretten hole. Ich sagte zu. Er reichte mir passendes Kleingeld rüber und meinte noch, dass ich danach gleich nach Hause gehen könne. Ich wollte mich sehr beeilen und rannte gleich los.
Kaum war ich um das Zelt herum gelaufen um zur Gaststätte "Oberland" zu gelangen, traf ich plötzlich mitten auf dem Vorplatz auf meine Eltern. Sie suchten mich schon und sprachen mich nun mahnend an.
Nach kurzer Erklärung, dass ich schnell noch Zigaretten für den Zirkusmann hole, lief ich schleunigst zur Gaststätte weiter und versorgte diese Glimmstängel.
Wieder an meinen Eltern vorbei, versprach ich sofort zu kommen. Ich rannte wieder um das Zelt herum bis zum hinteren Manegeneingang, wo sich immer noch das Pony, mit dem Affen auf dem Rücken, befand. Der Zirkusmann stand daneben und hielt das Pferd fest.
Ich ging nun ganz weit an das kleine Pferd heran, weil ich mal ganz nah an dem Affen sein wollte. Der war so süß, dass ich ihn am liebsten gestreichelt hätte. Ich reichte dem Zirkusmann seine Zigaretten über dem Rücken des Pferdes, vor dem Bauch des Affen, hin. Der Affe schaute verdutzt auf meinen Arm ...., plötzlich packte er diesen mit seinen beiden Händen an, hob ihn hoch, biss zu und riss mit seinen Zähnen ein Stück Fleisch aus meinem Oberarm heraus. Es ging alles so schnell, dass ich gar nicht zum Überlegen kam. Aus der klaffenden Wunde sickerte langsam ein breites Blutband meinen linken Arm herunter.
Unter Schmerzen hielt ich mit der rechten Hand meinen linken Arm nach oben und rannte zu meinen Eltern, den ich ja versprochen hatte, gleich zu kommen.

Von weitem schon rief ich ihnen zu: "...mich hat ein Affe gebissen, mich hat ein Affe gebissen."
Meine Eltern waren von der gelb-grünlichen, stark blutenden Wunde sofort unter Schock gesetzt. Doch Vater schöpfte am ehesten wieder Kraft. Gemeinsam führten sie mich schleunigst zu Dr. med. Wulst, unserem Hausarzt, welcher nun zu nächtlicher Stunde einen Noteinsatz starten musste. Zuerst eine Tetanus - Spritze, dann ein dicker Verband.
Der nächste Tag war wieder Schultag. Und alle sahen, dass ich stark verletzt war. Die Neugierde hielt sie nicht mehr auf den Plätzen, ich wurde regelrecht umlagert. Als ich nun erzählte, dass ich von einem Affen gebissen wurde, hätte ich glatt Autogramme ausgeben können, denn so etwas hatte noch nie jemand von meinen Mitschülern erlebt.
Man bettelte mich, die Wunde doch offen zu legen, jeder wollte so etwas mal im Original sehen. Nach langem Hin- und Her und kleinen Geldangeboten, habe ich mich überreden lassen und die Binde freiwillig abgewickelt.
Die Augen gingen den Mädels und Jungs über... Schnell wickelte ich die Binde wieder drüber.
Wieder wechselte ein Groschen den Besitzer, bevor die Binde vom Arm rutschte und die Bisswunde für kurze Zeit den Blick darauf frei gab. Und so ging das ein paar Tage lang fort: Groschen - Binde ab - Wunde ansehen - Binde drauf. Groschen - Binde ab.... Ich kam mir schon vor wie ein Zauberer, welcher ein Geheimnis lüftet.

Tcha, und so wurde ich damals durch einen Affenbiss berühmt. Eines hat es dann sogar noch im ganzen Land bewegt. Mein Vater schrieb einen Brief an die damalige Fernsehredaktion "Prisma", und die gaben den Brief an den VEB Zentralzirkus Berlin weiter. Seit dem durften keine Kinder mehr zu Zirkus - Auf - und Abbauarbeiten, sowie weiteren Nebenarbeiten herangezogen werden. Denn eine Versicherung gab es damals nicht.

Übrigens, meinen neuen luftbereiften Roller habe ich nie wieder gefunden.

*

4 Ein kleiner Fehltritt

Ich war neun, Undine fünf. Undine wohnte mit in unserem Haus. Sie ist die kleine Schwester von Norman, meinem Freund. Doch ab und zu spielte ich auch mit ihr, wenn Norman nicht da war oder er keine Zeit hatte.

An einem sonnigen Sommertag in den Ferien, es war sehr warm, hatten wir ein Zelt aus Decken aufgebaut, zwischen zwei Kirschbäumen auf der Wiese hinterm Haus. Leinen wurden gezogen und Steine geschleppt um das Zelt zu spannen.

Aber Undine war eine richtige Zicke, wollte alles besser wissen und meckerte nur herum.

Es war kurz nach Mittag. Die Sonne brannte und vom vielen herumrennen bekamen wir großen Durst. Undine rief nach ihrer Mutter, welche kurz darauf aus dem Fenster der Wohnung im zweiten Stock schaute. Sie fragte ihre Mutter, ob wir etwas zu Trinken bekommen könnten. Die Antwort war, wir sollen nach oben kommen, es gibt Saft.

Mit großen Schritten rannten wir, barfuss wie wir waren, los. Jeder wollte der Erste sein. Ich war der Erste, ich war größer, älter und hatte längere Beine.

Etwa auf halber Treppe stockte ich... Wäre ich doch beinahe auf eine reglos da liegende Wespe getreten. War sie tot? Dann kann ja nichts passieren. Undine kam dazu, sie fragte, was denn sei. Ich

zeigte ihr die Wespe.

Wahrscheinlich hatte Undine noch keine Erfahrungen mit Wespen oder Bienen gemacht, denn sie fragte mich, ob man da drauf treten kann, zumal die ja tot sei.

In dem Moment sah ich, wie sich die Wespe noch ein klein wenig bewegte, und damit eine Chance, Undine auch mal was auszuwischen oder bisschen zu ärgern.

Ich sagte zu ihr, ja, sie könne ruhig auf die Wespe treten, die macht nichts mehr.

Und Undine tat es.

Die Schreie von Undine vergesse ich heute noch nicht. Ihr Fuß schwoll an, denn die Wespe hatte sie voll in eine Zehe gestochen.

Der Nachmittag war gelaufen. Das Zelt konnte ich später in aller Ruhe wieder alleine abbauen. Keine meckerte, keine geiferte.

Zu Trinken habe ich trotzdem bekommen.

*

5 Die Erfindung

Ich hatte einen großen Freund, Norman. Er wohnte mit seinen Eltern und seiner Schwester Undine mit im Haus, wo ich auch wohnte. Er war etwa 5 Jahre älter als ich. Trotz des Altersunterschiedes gab er sich mit mir ab und wir machten manchmal verrückte Dinge.

So wollten wir einmal ein "Auto"

bauen. Naja, so ein richtiges Auto wurde es nie, wir bekamen einfach die Teile dazu nicht zusammen.

Aber eine Kiste, eine Obststiege, und vom Schutt holten wir noch vier Kinderwagenräder. Norman hatte handwerklich schon mehr Erfahrung als ich, und so gelang es ihm, die vier Räder drehbar an die Kiste zu montieren. Bloß lenkbar warn die nicht. Aber das tat der Sache keinen Abbruch. Dort wo "vorn" festgelegt wurde, befestigten wir ein Stück Wäscheleine als Zugstrick. Und ab ging die Fahrt.

Ich passte super in die Kiste und Norman zog mich. Norman war groß und kräftig. Das spürte ich beim Anzug. Jedes mal, wenn er kräftig am Strick zog, ging die Kiste vorne hoch und ich musste mich krampfhaft festhalten um nicht verloren zu gehen. Dann rannte Norman los, und ich kam mir vor, wie bei den Rennfahrern.

Auf den staubigen Wegen hinterließen wir eine regelrechte Dreckfahne. Und so sah ich dann auch immer aus, total dreckig.

Eines Tages, die Sonne schien wieder, kam Norman auf die Idee, den Weltraumflug nachzumachen, den Juri Gagarin als erster Kosmonaut der Welt vor kurzem mit einer Erdumkreisung absolviert hatte.

Und warum sollten wir uns nicht auch so ein Gefühl verschaffen können. Norman's Gedanken waren dabei so, dass wir mit unserer Kiste auf Rädern zum nahegelegenen Spielplatz gehen und die Kiste am Strick einfach an das Karussell anbinden. Durch die Geschwindigkeit, die dann Norman mit seiner körperlichen Kraft dem Karussell verleihen wird, würde bei angemessener Geschwindigkeit die Kiste vom Boden abheben und wie eine Rakete hinter dem Karussellsitz hersausen.

Und ich wurde zum Piloten dieses Fluges bestimmt. Ich sollte dieses Gefühl der Schwerelosigkeit spüren und wenigstens eine Runde um den Mittelpunkt des Karussell's im freien Flug in der Kiste erleben.

Ich war schon richtig aufgeregt, ich glaube meine Knie waren plötzlich ganz weich. Doch ich riss mich zusammen, könnte ich doch in die Geschichte der Menschheit eingehen.... Zumindest in die Geschichte des Spielplatzes.

Norman flocht einen festen Knoten an einen Karussellsitz, spannte das Seil und die Kiste wurde nun zu unserer Erfindung,

einem Raumschiff.

Norman gab die Kommandos: "....Platz einnehmen.... Brille auf.... festhalten! "

Nun zählte er langsam, aber laut, von Zwanzig rückwärts. Meine Hand hielt sich bei jeder Zahl fester und fester an die Holzlatten der Kiste.

"…. Drei…. Zwei…. Eins…. Start ! "
Langsam begann sich das Karussell zu drehen. Norman stand in der Mitte und drehte es mit beiden Händen.
Die Kiste holperte über die Sandpiste, blieb aber noch fest mit dem Boden verwachsen. Es war dennoch ein tolles Gefühl.
Die Geschwindigkeit nahm langsam aber stetig zu. Ich spürte, wie mein Körper so nach außen gedrückt wurde. Ich wollte was dagegen tun und legte mich in die Kurve, beide Hände voll an die Kiste gekrampft.
Das Gefühl nun endlich abzuheben verstärkte sich mehr und mehr. Nur, es schien nicht nach oben, sondern so nach der Seite, weg vom Karussell zu gehen. Ich beugte mich noch stärker zur Innenseite, um diesem Drang entgegen zu wirken. Ich wollte endlich abheben!
Norman legte sich nun ganz ins Zeug. Ich glaube, es war nur noch ein Bruchteil einer Sekunde, als ich DAS Erlebnis hatte.
Mein Körper wurde automatisch hochgehoben und irgendwie ließ ich die Kiste los.
Ich flog!
Vielleicht zwei Sekunden lang und drei Meter weit, dann war es schon zu Ende. Die Landung war hart.
Mit meinem linken Knie fiel ich auf einen Stein. Das Knie platzte sofort auf und blutete wie ein Wasserfall. Beide Arme zerschunden. Ich schrie vor Schmerzen.
Norman kam mir zur Hilfe, stütze mich, und humpelnd zogen wir heim. Meine Mutter hörte mich schon von weitem, da sie gerade im Hof war und kam uns entgegen.
Vorwürfe und Gemecker. Kein Trost, keine Anerkennung für unsere Erfindung. Nur Sepso und ein dicker Verband ums Knie.
Die Erinnerung blieb. Und eine große Narbe.

*

6 Die neue Trinkwasserleitung

Es war Mitte der 60er. Mein bereits fast 5-jähriger Cousin Frank und ich trafen uns oft bei Großmutter Elsa in Stiebitz/Rattwitz bei Bautzen.

Dort verbrachten wir die herrlichsten Ferientage mit ausgelassenen Spielen. Bei dem Haus wo Oma wohnte, handelte es sich um ein größeres Mehrfamilienhaus, wo fast nur Verwandtschaft drin wohnte. Zum Haus gehörte noch ein Hof, eine Wäschewiese, verschiedene Schuppen, eine alte Scheune, ein Wäschehaus, ein großer Garten mit Bäumen zum Klettern und vielerlei Versteckmöglichkeiten. Man konnte vom Haus aus, zu den Flurfenstern raus über die Schuppendächer hangelnd alles erreichen. Es war einfach großartig, die Kindheit in so einer Umgebung zu erleben.

Zum Haus gehörte aber auch ein Brunnen im Hof, welcher mit einer alten Holzpumpe, einem ausgehöhlten Baumstamm mit 'nem Eisenschwengel, versehen war. Dieser Brunnen war damals die einzige Wasserversorgung des Hauses. Oft halfen wir der Großmutter, indem wir mit Eimern das Brunnenwasser in die

Wohnung holten.

Aus diesem Brunnen wurde das Blumengießwasser, das Wäschebleichwasser und sonstiges Brauchwasser entnommen.

Aber wir benutzen diese Pumpe auch zu Spielen. Wenn wir z.B. Sandburgen bauten oder Schlammkugeln rollten, oder uns einfach vollspritzen wollten, brauchten wir dazu Wasser und entnahmen es dieser Quelle.

Das heißt, der Brunnen mit der Pumpe war unentbehrlich.

Nun, so eines schönen Tages, mitten in meinen großen Sommerferien, spielten Frank und ich im Hof. Wir bauten eine Sandburg, um dann mit den Fingern serpentinenartige Rillen für Murmeln einzudrücken.

Da die Ränder der Rillen auf Grund des trockenen Sandes nicht hielten, brauchten wir - Wasser aus der Pumpe, um sie zu verfestigen.

Frank schwengelte, und ich hielt beide Hände zusammengedrückt unter den Auslauf des Pumpenhahnes, um das Wasser darin aufzufangen.

Dann ging's schnell zum Sandhaufen, und die Rillen wurden nass gemacht.

Wir wechselten uns auch ab, wobei dann ich dann schwengelte. Beim Pumpen betrachtete ich mir das Gerät von oben bis unten etwas genauer. Ich sah, dass der Schwengel am oberen Ende mit einer Eisenstange verbunden war und diese in den holen Baumstamm hineinging.

Nun war ich neugierig geworden und hörte auf mit pumpen. Wir wollten unbedingt sehen, wohin die Stange weiter geht. Frank holte dazu einen alten Hocker aus dem Waschhaus, und so konnten wir von oben in das Pumpeninnere hineinschauen. Es war eine große Öffnung da oben, doch sehen konnten wir nichts. Der Stamm war hohl, leer und finster anzusehen. Uns kam die Idee, einfach den Stamm mit Sand aufzufüllen, damit er nicht so leer und hohl bliebe. Gesagt- getan…

Wir füllten nun auf, bis unser kleiner Sandhaufen Schaufel für Schaufel ins Pumpeninnere verschwand. Wir schauten von oben rein, vom Sand war nichts zu sehen. Wir brauchten mehr Sand, aber wir beließen es dabei, der Sand war alle. Wir pumpten noch ein paar Mal. Das Wasser lief, nur die Pumpe krächzte so komisch, so, als wäre Sand im Getriebe. Naja, wird wohl nichts machen, dachten wir.

Drei Tage später, ein Aufruhr im Haus: "...die Pumpe ist kaputt, wir haben kein Wasser mehr...", hieß es. Wir zuckten mit den Schultern und wussten von nichts, denn bei uns ging ja die Pumpe noch. Dann sollte sie repariert werden, alles voll Sand. Die Pumpe war hinüber und nichts mehr war zu machen. Aber so kam es heraus. Nach kurzem "Verhör" gestanden wir unsere Tat. Man kann sich vorstellen, was für eine Schimpfkanonade auf uns niederging. Es tat uns sehr leid und versprachen, so etwas nie wieder zu tun.

Aber durch unser Tun haben wir für den schnellen Einzug des Fortschritts im Dorf gesorgt. Oma's Haushalt war der erste im Ort, welcher über eine neu gebaute Trinkwasserleitung mit Wasser versorgt wurde.

Und darauf waren wir sehr stolz.

*

7 **Werkunterricht** oder **Glück im Unglück I**

Ich besuchte die 4. Klasse.

Eines Tages, wie immer einmal in der Woche, war Werkunterricht angesagt.

Werken war nie meine Stärke, zumal wenn es ums Schleifen, Feilen und ähnliches ging.

Aber trotzdem, Werken war immer noch besser, als den ganzen lieben langen Vormittag auf der Schulbank zu sitzen. Und so ging ich sicherlich mit einem Liedchen auf den Lippen, an diesem wunderschönen Herbsttag, mit den anderen Schülern in den Werkraum, welcher sich im Keller unserer Schule befand.

Stolz stand ich neben meiner Werkbank, worauf ich einen neuen gespitzten Bleistift und ein Lineal ablegte.

Heute sollten wir Bucheinbände herstellen, aus Kunstleder. Dazu bekamen wir Lederreste, die wir aufzumessen und zuzuschneiden hatten. Weiterhin mussten

dann an einigen Enden Löcher eingestanzt werden, um umgeschlagene Teile des Leders miteinander zu verflechten. Dies geschah dann mit dünnen langen Lederstreifen.

Der Werklehrer, Herr Matthes, teilte die verschiedensten Utensilien aus: Leder, Stahllineale, Scheren, Stanzer, Hammer und Buchbindermesser.

So, und nun ging's los.

Ich suchte mir aus dem Lederhaufen ein schönes Stück aus. Es war braun - grün gesprenkelt. Es sollte ein Umschlag für mein Lieblingsschulbuch werden, meinem Musikbuch.

Zuerst maß ich die Größe aus und zeichnete mit dem Bleistift die Schnittlinie an.

Dann legte ich die Stahlschiene an und nahm das Buchbindermesser zur Hand. Mit der linken Hand drückte ich ganz fest auf die Schiene, damit sie beim Schneiden nicht verrutscht. Mit der rechten Hand führte ich nun das Messer entlang der Schiene, um das Leder zu teilen. Ich glaube, meine Zunge berührte ständig die äußere Oberlippe, um ja alles genau richtig zu machen.

Plötzlich fuhr mir das Messer über die Schiene hinaus und stieß mit der Spitze gegen meinen Mittelfinger der linken Hand.

Das Blut spritzte auf das Leder. Ich hatte gleich höllische Schmerzen und war dem Heulen nahe. Ich meldete den Vorfall sofort dem Lehrer, wobei ich mit einem Taschentuch die blutende Stelle abdeckte. Herr Mathes schickte mich umgehend ins Sekretariat des Schulleiters, da sich dort ein Sanikasten mit Pflaster befand.

Ich begab mich mit wackligen Beinen dorthin, denn ich war vom Schreck leicht benommen. Im Sekretariat verarztete man mich liebevoll. Die Sekretärin klebte mir ein Pflaster auf die etwa ein Zentimeter lange Wunde.

Nun konnte ich wieder in den Werkraum gehen.

Der Lehrer gab mir “grünes Licht ”, und ich konnte meine Arbeit fortsetzen.

Fachgerecht legte ich das Stahllineal wieder an der Schnittlinie an, nahm das Buchbindermesser in die Rechte, drückte mit der Linken fest aufs Stahllineal und führte den Schnitt weiter. Mit ganzer Kraft drückte ich nun das Messer ins Leder, damit es nicht wieder übers Lineal abrutschte, wobei meine Zunge noch ein Stück länger herausschaute und fast die Nase berührte. Ich wollte natürlich sorgfältiger und überlegter als zuvor an meine Sache gehen.

Das Messer bog sich schon ein bisschen unter meiner Kraft, als es mit einem Male und für mich urplötzlich wieder über die Stahlkante rutschte und mit einer nicht übersehbaren Geschwindigkeit mit seiner Schneide über den linken Zeigefinger schoss. In einer Länge von 4 Zentimetern wurde der Finger regelrecht aufgeschlitzt. Das Blut floss nur so. Ich glaube, nun konnte ich meine Tränen nicht mehr verbergen.

Der Lehrer wurde sofort auf mein Versagen aufmerksam, denn es sprach sich sofort bis zu ihm herum.

Mit meinem schon blutbeschmierten Taschentuch band ich den Finger wieder ab. Herr Matthes, schon selbst ein wenig wirr geworden, schickte mich erneut ins Sekretariat. Dort angekommen, wurde ich gleich mit einem netten "Hallooo..." begrüßt, als würde man mich schon erwarten.

Mit großem Bedauern wurde ich abermals liebevoll behandelt. Ein viel größeres Pflaster als am Mittelfinger, zierte nun meinen Zeigefinger und so sah es recht putzig aus, zwei Finger so nacheinander gepflastert u haben.

In den Werkunterricht brauchte ich nicht mehr zu gehen, das hatte man mir zumindest an diesem Tage erlassen. Als kleinen Trost bekam ich meine Buchhülle, von anderen Schülern gefertigt, geschenkt.

Ja, das war mein Glück im Unglück.

Übrigens, wurde durch den Schuldirektor sofort angewiesen, den Werkraum mit einem eigens dafür ausgestatteten Sanikasten auszurüsten.

*

8 Der große Wurf

Meine erste Freundin lernte ich in der Schule, in meiner Klasse kennen - Reinhild. Sie war nicht unbedingt eine Schönheit, aber ihre langen dunkelblonden, naturgelockten Haare machten sie einfach für mich sehr interessant. Außerdem kam hinzu, dass sie mit zu den besten Schülern der Klasse gehörte, weiterhin, dass sie wie eine Lärche singen konnte,

und sie spielte Klavier, was mich sehr reizte.
Ich selbst konnte auch sehr gut singen und war deshalb seit Anbeginn meiner Schulzeit Mitglied des Schulchores, in welchem Reinhild natürlich auch mit sang.
Reinhild war sehr eigen in der Auswahl ihrer Freunde, aber wer es schaffte ihr Vertrauen zu gewinnen, konnte sich schon was einbilden, denn derjenige musste was "Besonderes " sein. Und ich war es wohl.
Die beste Freundin von Reinhild war Gisela, eine kleine aber sehr hübsche Schülerin: unsere Klassen-Erste. Gisela hatte auch einen Freund, meinen Kumpel Christian. Er war ein sehr ansehnlicher und athletischer gebauter Junge. Im Sportunterricht lief er am schnellsten, sprang am höchsten und warf am weitesten.
Da beide Mädels fast immer alles zusammen unternahmen, haben wir zwei Jungs ihnen einmal den Vorschlag unterbreitet, an einem schönen Tag gemeinsam spazieren zu gehen. Die Zwei sagten zu und dieser schöne sonnendurchflutete Tag kam.

Es war an einem Nachmittag, die Schule war vorbei und Hausaufgaben standen keine an. In der Pause hatten wir gleich Treffpunkt und Zeit ausgemacht. Dies wurde 15:00 Uhr am Ortsausgangschild von Neukirch in Richtung Tautewalde festgelegt.

Ich fuhr mit meinem Fahrrad dorthin und war sehr pünktlich da, wie es halt meine Art ist. Christian kam als Zweiter an.

Wir waren ziemlich aufgeregt, war es doch die erste Verabredung im Leben mit einem Mädchen. Gespannt warteten wir auf unsere Freundinnen.

Sie kamen etwas verspätet, aber sie kamen. Und nun stand unserem Spaziergang nichts mehr im Wege. Reinhild machte den Vorschlag, auf einem nahegelegenen Feldweg in Richtung des Tautewalder Waldes zu laufen, dort wo die Steinbrüche sind. Das fand unsere Zustimmung und los ging es. Wir überquerten die Straße und kamen auf den Feldweg. Da wir uns, abseits von Dorf und Straße, unbeobachtet fühlten, ging nun jeder Junge mit "seinem" Mädchen nebeneinander.

Christian lief mit seiner Freundin vor uns und so konnte ich genau beobachten, wie er die Hand von Gisela nahm und sie dann Hand in Hand weiterliefen.

Oh, das wollte ich natürlich auch. Zaghaft fasste ich die Hand von Reinhild, doch sie zog sie wieder weg. Mag sie mich nicht? Ich versuchte es noch mal. Jetzt hielt ich ihre Hand fest und ich spürte keine "Fluchtversuche" mehr. Mein Selbstbewusstsein hatte den bisherigen Höchstpunkt erreicht. Mir konnte nichts mehr passieren.

Wir liefen schweigend bis zum Waldrand. Worte hätten das Gefühl dieser körperlichen Nähe zum anderen Geschlecht nur zerstört.

Unser Weg führte an einem mit Wasser gefüllten Steinbruch vorbei. Dort angekommen, betrachteten wir das Wasserloch wie Verliebte. Gisela rief Reinhild etwas Abseits zu sich und beide tuschelten irgend etwas. Christian und ich warteten derweil ungeduldig. Dann kam's heraus:

Folgende Aufgabe wurde an uns herangetragen: wer es schafft, einen Stein über das Wasser des Steinbruchs von einem Ufer zum anderen zu werfen, darf als Belohnung seiner Freundin einen Kuss geben.

Also diese Sache setzte wahrhaftig nach dem "Händeanfassen" jetzt noch den i-Punkt auf das Ganze. "Küssen" - Wahnsinn !

Nach kurzer Beratung und bissl Verhandeln mit den Mädchen, wurden uns zwei Versuche genehmigt. Einen zur Probe und der Zweite wurde gewertet. Die Chancen für Christian sah ich nicht schlecht, war er doch stark genug, einen Stein da drüber zu werfen.

Aber meine Chancen...? Ich war nicht so stark. Aber der Gedanke an den Kuss verlieh mir zumindest viel innerliche Kraft.

Christian absolvierte den ersten Versuch. Der Stein platschte ins Wasser.

Oh je, nun ich.... . Auch nicht geschafft!

Nun kam die Wertung. Christian holte langen Anlauf und

warf... Der Stein flog weit. “Jaaaaa....” höre ich noch seinen Schrei. Hat der doch den Stein wahrhaftig über den Steinbruch geworfen, woher nahm er nur die Kraft...

Ich war an der Reihe. “ Ich will und muss es schaffen “ ging es mir durch den Kopf und versuchte ganz cool zu bleiben. Doch die Aufregung war größer, meine Hand war klatsch nass, der Stein rutschte mir hin und her. Ich nahm den längsten Anlauf der Welt und warf den Stein los. Der flog... und flog... und patsch, ins Wasser. Ich hatte es nicht geschafft.

Voller Neid sah ich zu, wie Christian der Gisela einen Kuss auf die Wange geben durfte.

Ja und so ging die Freundschaft mit Reinhild wieder auseinander, denn ich war halt doch nichts Besonderes...

*

9 Der Schuss, der nach hinten losging

Die Sache spielte sich etwa ein Jahr nach dem Tode meines Großvaters ab. Er starb 1965, also war es 1966 und ich war zwölf.

Meine Großmuter Elsa war fortan allein und zog im gleichen Haus in eine neue, kleinere Wohnung, eine Etage tiefer, gleich neben der Wohnung meines Onkels Horst.

Mit meinem Cousin Frank, mittlerweile schon fast 6 Jahre, trafen wir uns oft bei Großmutter und erlebten die verschiedensten Abenteuer auf diesem Grundstück. Oft gehörte uns das ganze Haus für viele Stunden allein, denn die anderen Hausbewohner waren alle auf Arbeit.

Irgendwann, an einem wunderschönen Tag zwar, plagte uns doch mal die Langeweile, und wir überlegten, was wir machen könnten, um die Zeit kurzweilig zu halten.

“Wollen wir nicht mal zu Onkel Horst in die Wohnung gehen...?”,gab ich zum Besten. “Wir könnten doch einfach mal gucken, was die so in der Wohnung haben.”

In deren Stube gab es interessante Bücher, ich wusste dies schon.

Und Oma hatte einen Schlüssel für die Wohnung meines Onkels, sie musste ja auch ab und zu mal nach dem Rechten sehn.

Frank war sofort mit meinem Vorschlag einverstanden, diese Expedition zu starten. Ist ja auch aufregend, in eine andere Wohnung zu gehen und nicht erwischt zu werden.

Oma kam erst Mittag von ihrer Arbeit nach Hause und so hatten wir noch gut zwei Stunden Zeit.

Aber schon tat sich die Frage auf: Wo ist der Schlüssel?

Innerhalb von fünf Minuten hatten wir sämtliche Schlüssel, die bei Oma herumlagen, herumhingen oder versteckt waren, auf einen Haufen gelegt.

Ein bisschen Bammel hatten wir schon, hoffentlich kommt niemand, und so sind wir erst einmal das Treppenhaus abgelaufen und haben uns überzeugt, dass Keiner in der Nähe war.
Dann war es für uns, im wahrsten Sinne des Wortes, ein Kinderspiel, den richtigen Schlüssel herauszufinden. Alle wurden durchprobiert und Einer passte wie angegossen, der schloss.

Auf höchsten Zehenspitzen passierten wir nun die Schwelle zur Wohnung von Onkel Horst und Annelies, unserer Tante.
Zuerst in den Flur, dann zur Küche. Zurück in den Flur, und von da aus in die Stube. Alles schön sauber und aufgeräumt, wie man es von den Beiden gewohnt ist.
Plötzlich entfernte Schritte im Haus. Oh je, es kommt jemand, raus aus der Wohnung. Wie zwei Blitze in dunkler Nacht waren wir wieder schlagartig in der Wohnung von Oma..., Schlüssel in die Schüssel und saßen regungslos auf dem Sofa, wartend wer da nun kommt. Niemand kam, und nach zwei bis drei Minuten spionierte ich im Hausflur. Keiner da. Ich schlich auf leisen Sohlen die Treppen bis an die Haustür herunter. Niemand zu sehen. Da entdeckte ich's: der Briefträger war da, die Zeitungen warn im Briefkasten.
Ich hörte es laut krachen, so ein großer Stein fiel mir vom

Herzen, welches wie wild pochte. Dann wieder hoch zu Frank, welcher immer noch wie angewurzelt auf dem Sofa saß.
"Wir können weitermachen", so ich. Schlüssel aus der Schüssel und los ging's. Ich vorneweg. Frank hielt sich krampfhaft an meinem Pulli fest. Jetzt hat er doch nicht etwa Angst bekommen? Forscher kennen keine Angst!
Vorsichtig wurde die Wohnungstür aufgeschlossen und dann mit erhobenen Fersen gleich links in die Schlafstube.
Oh, was für interessante Schränke mit tollen Geheimnissen hinter den Türen. Wusste ich doch von zu Hause, dass dort die Dinge verborgen werden, die nicht für jedermann bestimmt sind.
Schranktürenknarrend öffneten wir das erste Fach.
Bettwäsche, Handtücher, Taschentücher..., alles fein gestapelt. Aber nichts besonderes zu sehen. Da, ein schönes Stück Seife..., Westseife! Hmm, die roch gut.
Schranktür zu - Schranktür auf... Mäntel, Jacken, Hemden..., schön aufgereiht. Schranktür zu - NEIN, Schranktür nochmals auf. Was war denn da? Ein Gewehr!
Im Schrank, hinter den Mänteln stand ein Gewehr. So eins hatte ich doch schon auf dem Rummel gesehen, an den Schießbuden. Ein Knicker - Luftgewehr.
Na, das war doch wohl das Tollste, was wir finden konnten, und unten auf dem Schrankboden noch zwei Schachteln mit Munition. Diabolos.
Ich hatte sofort eine super Idee: Ich fragte Frank, ob er nicht Lust hätte, mit diesem Gewehr richtig Schießen zu üben, und nicht nur mit einem Stecken rumzurennen, wenn wir Räuber und Polizei spielten.
Und Frank hatte Lust. Ich trug das Gewehr in Omas Wohnung. Frank hinterher mit den beiden Schachteln Diabolos.
Wo wollen wir schießen? Na wo schon, raus können wir nicht, also in Omas Stube. Ich dachte sofort an einen Wettbewerb mit Frank, wer am besten Schießen kann. Insgeheim wusste ich natürlich schon, dass ich gewinnen werde. Frank war leicht zu

überreden, gab es doch Süßigkeiten für den Ersten und Zweiten Platz als Preise... .

"Und auf was schießen wir?", war Frank's Frage. Stimmt, auf was wollen wir eigentlich schießen?

"Na ja, wir werden Ringe aufmalen und ausschneiden. Und die Oma hat doch vor ihrer Wohnungstür eine Decke hängen, wegen dem Luftzug. Und daran werden diese Zettel mit ein paar Nadeln aus Omas Nähkasten drangemacht, ganz einfach..." äußerte ich überlegt.

Und so geschah es auch. Es war relativ schnell getan.

Ja, und nun kam das aller Wichtigste und aller Schwerste, was nur ein Großer kann: das Laden des Knickers.

Das Gewehr wurde über eine Sessellehne gelegt,

und beide drückten wir je an einer Seite das Gewehr auseinander, und mit größtem Kraftaufwand brachten wir es über die Federspannung bis es einrastete. Ein Diaboli aus der Schachtel wurde fachgerecht in den Lauf gesteckt und das Gewehr wieder zusammengeklappt. Das war's. Weiter legte ich fest, dass wir aus einer Entfernung von fünf Schritten schießen werden, welche ich auch gleich selbst abmaß.

Und als ersten Schützen bestimmte ich natürlich mich, musste ich es dem Frank doch erst mal vorzeigen.

So. Anlegen, Kimme und Korn beachten, Ziel im Visier und abdrücken. Peng! Das war ein Schuss und gleich ein Treffer. Frank zuckte zwar erst mal zusammen, aber dann staunte er.

Nun wieder laden und dann war er dran.

Frank stand da, das große Gewehr in den Händen; man merkte gleich, dass der keine Ahnung und noch nie so ein Ding in den Händen hatte. Er wackelte mächtig hin und her. Ob Frank überhaupt Kimme und Korn sah? Dann der Schuss. Peng! Dabei hat's ihn hat es fast umgehauen. Daneben. Nur in den Vorhang geschossen.

Dann wieder ich: Treffer! Frank wieder: Daneben!

Und so ging das eine Stunde lang, meine Scheibe war total zersiebt, wobei bei Frank nur drei Löcher im Zettel zu sehen

waren.
Aber jetzt schnell alles wieder aufräumen, das Gewehr und die Munition mussten in den Schrank zurück und die Scheiben verschwinden. Oma kommt jeden Augenblick von der Arbeit.
Alles klappte super. Oma kam bald nach Hause und lobte uns. Wir saßen kerzengerade auf dem Sofa, wie die Stadtsoldaten, und schauten uns ein Buch an. Omas Ausspruch, dass wir sehr lieb sind, lief uns wie Öl herunter.
So verging der Nachmittag eigentlich ganz normal, bis plötzlich Besuch kam. Ein Mann aus der Nachbarschaft wollte zu Großmutter. Er betätigte die Klingel, welche als Drehklingel mitten an der Wohnungstür außen angebracht war. Es ruckte kurz, ein winziger Klingelton war noch zu hören,
als urplötzlich ein Loch in der Tür war. Hatte der Mann doch glattweg die Klingel herausgerissen.
Oma war außer sich und wir schauten ein dumm aus der Wäsche.
Beim Betrachten der Tür sahen wir nun die Bescherung. Unsere Munition traf nicht nur die Scheiben, welche an der Decke befestigt waren, sondern gingen durch, in die Tür. Und dort, wo meine Scheibe hing, war nun das Loch von der Klingel.
Im Übrigen steckte die ganze Tür voll Diabolos, und wir hatten nichts gemerkt.
Sämtliches Achselzucken half uns nicht. Es gab wieder Ärger, denn wie Wahrheit lässt sich einfach nicht aufhalten.
Seit dem fanden wir nie wieder einen Schlüssel zur Wohnung von Onkel Horst.
Aus mir wurde später ein sehr guter Schütze bei der Armee, und ich trainierte selbst Schüler im Luftgewehrschießen.

*

10 Das Geheimnis

Eine meiner liebsten Spielgefährten war Uta.
Sie wohnte mit ihrer Mutter und ihrem einige Jahre älteren Bruder im sogenannten Posthaus. Uta war ein Jahr jünger und besuchte dementsprechend eine Klassenstufe tiefer die gleiche Schule wie ich.
Uta's Mutter war Lehrerin an unserer Schule.

Sie war klein und zierlich, aber wenig freundlich, dafür sehr streng und meckerte oft herum und ich hatte das Gefühl, sie mochte mich nicht. Deshalb konnte ich sie nicht so recht leiden und hatte manchmal regelrecht bisschen Angst vor ihr.
Warum das Posthaus so genannt wurde, weiß ich nicht. Es war das letzte Haus unserer Straße mit der Nummer 19, genau gegenüber dem Spielplatz.
Das Grundstück vom Posthaus und meinem Wohngrundstück wurde nur durch einen kleinen bewachsenen Hang getrennt. Einen Zaun oder eine Hecke gab es damals nicht.
Oft hielten wir uns an diesem Hang auf, an welchem auch ein Holunderbaum stand und zum Klettern animierte. Dort legten wir manchmal Decken aus und spielten ziemlich verantwortungsvolle Spiele, wie "Mutter-Vater-Kind" oder gar

"Onkel Doktor", wobei wir schon recht frühzeitig hinter manch menschliche Verborgenheiten schauen konnten.
An einem schönen Wintertag spielten wir bei mir zu Hause in meinem Kinderzimmer "Mutter-Vater-Kind-Hund und Katze".

Unser "Zu Hause" war unterm Tisch und mit Decken haben wir Wände gebaut und unter zurechtgeschobenen Stühlen die Kinderzimmer eingerichtet, wo Teddy und Puppe schlafen sollten.
Meine Eltern waren beide noch arbeiten, so dass unser Spiel niemand stören konnte.
Seit dem Vorabend trug ich ein großen Geheimnis in mir. Ich war zugegen, und konnte bei meinem Spielen mit anhören, wie sich meine Eltern über ihre Arbeit unterhielten. Dabei erzählte meine Mutter, welche als Hortnerin im Schulhort angestellt war, dem Vater, dass es Ärger auf Arbeit gabt und sich die Leiterin des Schulhortes, Frau N. mit einer weiteren Angestellten, der Frau M, welche dazu noch die Ehefrau des hiesigen Schuldirektors ist, lauthals herumgestritten hatten. Dies durfte aber auf keinen Fall jemand erfahren.
Natürlich wollte ich nie einen Geheimnisverrat begehen, aber es brannte mir auf der Zunge, meiner Vertrauten und Freundin Uta das zu erzählen.
Hatten wir nicht selbst schon Geheimnisse fabriziert? Und? Hat die je einer erfahren?
Also, dacht ich mir, der Uta kannste das sagen. Und so eröffnete ich ihr: " Uta, ich muss dir was sagen, das darfst du aber niemanden erzählen!!" - "Nein, erzähl ich ne" war ihre Antwort, und darauf verließ ich mich.
"Uta..., die Frau N. und die Frau M. im Hort können sich ne

leiden, die streiten sich immer ganz laut herum, hat meine Mutti gestern Abend erzählt. Aber niemanden weiter sagen!"- "Nee, sag ich niemanden".

Ja eigentlich war's das schon, wenn nicht ein anderer Tag gekommen wäre, sicherlich diesmal ein Regentag, an dem ich patsche Nass vom Spielen nach Hause kam. Meine Mutter saß in der Küche und weinte bitterlich. Vater stand daneben und versuchte sie zu trösten.

Als er mich bemerkte, fragte er mich sofort, was ich wem erzählt hätte, es ist möglich, dass Mutti aus dem Hort entlassen wird und ihre Arbeit verliert. Ich verstand die Welt nicht mehr, ich wusste nicht worum es ging. Ich hab doch nichts gemacht...

Nun wurde mir Klartext eingeschenkt: Uta's Mutter hat das erfahren und begab sich schnurstracks zum Schuldirektor M. und berichtete, dass meine Mutter Dinge aus dem Hort zu Hause erzählt, worin nun auch noch die Frau vom Schuldirektor verstrickt ist, was natürlich niemanden was angeht, und der Sohn jetzt alles breit trägt und weitererzählt.

Und so musste meine Mutter an jenem Tag zu einer Aussprache im Hort vor die Leitung und Rechenschaft ablegen. Meinem Vater blieb wohl nichts weiter übrig, als folgende Worte an mich zu richten: "Geh in die Schlafstube und mach das Fenster zu...". Letztendlich wurde die Sache bereinigt, alles wurde friedlich gelöst und meine Mutter nicht entlassen.

Seit dem weiß ich aber, wie wichtig es ist, Geheimnisse für sich zu behalten.

Und der Uta hab ich das auch gesagt.

*

11 Verliebt

Mit knapp elf Jahren begann ich im September 1965 die 5. Klasse. Wiederholt kam es nun dazu, dass zu den größeren Klassen, so ab der 9., neue Schüler aus umliegenden Orten hinzukamen.

In diesen ländlichen Gebieten gab es höchstens nur Acht-Klassen-Schulen, und die dortigen Schüler wurden dann nach Neukirch an meine Schule, welche ja eine 10-Klassige polytechnische Oberschule war, umgesetzt.

Zu den Ritualen unserer Schule gehörte es, bei schönem Wetter eine sogenannte Hofpause einzulegen, dass heißt, es wurde angeordnet, dass alle Schüler das Schulhaus verlassen mussten und im Freien auf dem Schulhof herumlaufen, sich bewegen, um für den nächsten Unterricht Sauerstoff und Kraft zu tanken.
So hieß es zumindest.

Und an einem so wunderschönen Tag, einem Freitag, zur Frühstückspause entdeckte ich SIE

- eine Neue.... Etwa 15 , blonde Haare, und an ihren Rundungen im Brustbereich, welche sich sehr an ihrem dünnen Pulli abhoben, konnte man ihre fortgeschrittene Fraulichkeit deutlich erkennen.

Ich lief mit meinen Klassenkameraden mehrere sogenannte "Runden" auf dem Hof, und immer wieder kam ich an der Bank vorbei ,wo SIE saß und mit anderen Mädchen redete.
Schon beim ersten Anblick dieser Schönheit, durchfuhr mich ein Gänseschauer.

Ich hatte ja schon “ Erfahrung” mit Mädchen, dachte da sofort an die Reinhild aus meiner Klasse, mit der ich gern gegangen wäre. Aber ein verpatzter Steinweitwurf über einen Steinbruch vermasselte mir damals den Belohnungskuss von ihr, und seitdem war ich wieder “Solo“.

Bei jeder “Runde” um den Schulhof sah ich sie an.

Mein Blick muss magisch gewesen sein, denn sie schaute zurück und lächelte.

Ja, sie lächelte und ihre weißen Zähne strahlten mich an.

Ich hätte am liebsten Handstände und Purzelbäume auf einmal machen können, nur um ihr zu zeigen, dass ich mich plötzlich unsterblich in sie verliebt hatte.

Nach der Pause waren meine Gedanken nur bei ihr. Dem Unterricht konnte ich nicht mehr richtig folgen, mir schwirrte es im Kopf herum : wer ist sie, wo kommt sie her, ob sie mich wohl mag, wie komm ich an sie ran....

Ungeduldig hoffte ich auf bleibendes schönes Wetter, und damit auf kommende Hofpausen - ich musste sie wiedersehen.

Vor jedem Schulgang nun achtete ich peinlich genau darauf, das meine Kleidung ordentlich war, die Schuhe geputzt und meine Haare einen guten Sitz hatten. Ich wollte ihr ja schließlich auch gefallen, und den Altersunterschied habe ich lässig weggesteckt.

Das Wochenende war wie angestemmt. Es verging einfach nicht.

Ich - will - in - die - Schule.

Es war ein herrlicher Sonnentag. Da musste es eigentlich wieder eine Hofpause geben. Und sie kam auch, Mittag.

Hunger auf das Schulmittagessen hatte ich nicht - ich war der erste auf dem Hof. Langsam füllte sich dieser mit Schülern.

Doch sie war nicht dabei, sie kam und kam nicht.

Ich war traurig und sauer zu gleich. Was war los, ‘ist sie krank oder bleibt sie im Klassenzimmer...’ging es mir durch den Kopf ?

Dieser Schultag verstrich wie die folgenden Tage der Woche,

ohne dass ich sie zu Gesicht bekam Zwei Wochen vergingen ins Land, bis ich sie wiedersah. Sie lief in der Schülermenge die "Runden" mit.
Ich ließ mich langsam zurückfallen, band meine Schnürsenkel vier mal nacheinander zu, bis sie an mich ran war. Dann stand ich auf und sah sie unvermittelt an. Sie lächelte. Das gab mir Mut, auf sie zuzugehen und anzusprechen. Ein "Hallo" und "Wie geht's, lange nicht gesehen" erbrachten ihre Antwort mit mit süßer Stimme, an einer Grippe erkrankt gewesen zu sein.
Ich fragte nun nach ihren Namen und wo sie wohnt. So erfuhr ich, dass sie Carmen heißt, aus Weifa kommt und jetzt hier in die 9. Klasse geht. "Carmen", was für ein Name, schon bei diesem Gedanken zerschmolz mir dieses Wort auf der Zunge.
Nun verging keine Hofpause mehr, wo ich nicht neben Carmen herlief. Zwar unterhielt sie sich kaum mit mir, redete lieber mit ihren Freundinnen, aber schon das Gefühl unmittelbar neben ihr zu sein, entwickelte in mir ein Gefühl... ?! Ich war verliebt!

Meine Gedanken kreisten. Am liebsten mochte ich ihre Hand nehmen... Ob sie mich mal küssen würde? Ob ich mal ihre Brüste fühlen und sehen könnte. Ich muss mir was einfallen lassen. Und irgendwann zu Hause hatte ich einen Plan.
War ich doch Besitzer einer griechischen Landschildkröte, Friedolin. So eine Schildkröte hatte nicht jeder, und das war zur damaligen Zeit schon was Besonderes....
Also brauchte ich sie ja nur auf meinen Friedolin neugierig machen, dann kommt sie bestimmt mal mit zu mir nach Hause,

um ihn sich anzugucken.
Ja, aber wie offenbare ich ihr meine Wünsche?
Und so vervollständigte ich meinen Plan, indem ich einen Zettel schrieb:

"Liebe Carmen!
Wenn ich dich küssen darf, schließe die Augen und nicke mit dem Kopf.
Wenn ich deine Brust sehen darf, hebe einen Arm hoch.
Wenn ich deine Brust anfassen darf, hebe beide Arme hoch".

Diesen Zettel wollte ich ihr beim Betrachten meines Friedolins zustecken und dann abwarten. Bis dahin wollte ich jedoch diesen Zettel geheim halten und versteckte ihn in meinem Spielzeugschrank im untersten Fach ganz hinten.
Mein Plan scheitere, Carmen interessierte sich weder für meine Schildkröte noch für mich. Und meinen Zettel vergaß ich auch bald....
Bis eines Tages, wie so ab und zu, Mutter meinen Spielzeugschrank inspizierte. Wenn der nicht aufgeräumt war, hatte sie die fürchterliche Angewohnheit, mit beiden Händen in den Schrank zu fahren und alles heraus, auf den Fußboden, zu ziehen. Und ich hatte nun die Aufgabe, die Ordnung wieder herzustellen.
Aber das war ja nicht alles, neugierig war sie auch noch und schaute sich nach dem Herausziehen das Eine oder Andere genauer an.... Und genau dabei fand sie den Zettel.
Als ich an diesem Tag Abends vom Spielen nach Hause kam, fragte mich Vater, was denn das sei, und zeigte auf den in seiner Hand haltenden Zettel. Ich schaute genauer hin und erkannte dieses heimliche Schriftstück... Einige Worte stammelte ich als

Erklärung daher, aber den richtigen Faden konnte ich nicht finden. Es stand ja auf dem Blatt alles deutlich geschrieben. Mein Kopf hätte platzen können, so heiß war der. Das sollte aber nicht reichen, in der Schlafstube, bei geschlossenem Fenster, wurde mir dann von Vater der Hintern ebenfalls heiß gemacht.
Seit dem wusste ich, mit Frauen hat man nur Ärger.

*

12 Ein schöner Wintertag mit Donnerwetter

Ich erinnere mich noch genau. Die Sache spielte sich im November/ Dezember 1966 ab. Der Winter ließ nicht auf sich warten. Es war schon recht kalt und es schneite ab und zu.

Im Großen und Ganzen machte mir die Schule keine Schwierigkeiten, ich ging gern dahin, bis auf Ausnahmen, die ja die Regel ausmachen. Ein interessantes Fach war Geschichte. Die gesamte Entwicklung der Menschheit so aufzufächern, war schon toll. Aber leider gehören dazu auch so viele Jahreszahlen, dass es mir bald ein Graus wurde, diesem Unterricht mit Freude zu verfolgen, da es mir einfach zu viel war, sich all diese Dinge merken zu müssen.

Und dann kam mal plötzlich eine Klassenarbeit dazwischen, wo es natürlich gerade um diese Geschichtsdaten ging. So kurzfristig hatte ich diese nicht gelernt, und gemerkt schon gar nicht. Ich saß da, über die Arbeit gebeugt, und hatte ein Gefühl im Körper, als wenn dieser sich nach innen zieht um das letzte von Gedanken und Wissen darin aufzuspüren.

Die Zahlen schwirrten mir im Kopf herum, ich hätte platzen können... Endresultat: eine 5!

Darüber war ich natürlich nicht erfreut, und ich ärgerte mich tüchtig, weil es einfach nicht meine Art ist, dass mir so etwas egal sein könnte.

Wie sollte ich das bloß meinen Eltern beibringen, eine 5. Ich mochte nicht, dass sich die Eltern über mich ärgern!
Ich musste mir was einfallen lassen. Wenn ich mir schon keine Geschichtsdaten aus dem Gehirn holen konnte, dann aber wenigstens eine gute Ausrede oder Entschuldigung für diese schreckliche Note.
Überlegung um Überlegung verging, es fiel mir nichts ein. Aber die Lehrerschaft verlangte unter jede Arbeit eine Unterschrift der Eltern. Was sollte ich nur tun?

Verantwortlich für die Unterschriften war mein Vater. Wenn Vater diese Note zu Gesicht bekommt, ärgert er sich und Mutter erfährt's auch. Wenn ich diese "5" meinen Eltern unterschlage, gibt es keinen Ärger zu Hause, aber Ärger in der Schule, weil ich keine Unterschrift habe.
Ich brauche eine Unterschrift meines Vaters, ohne dass er die Zensur sieht. Aber wie stelle ich das an?
In Filmen hatte ich ja schon gesehen, wie man eine Unterschrift auf Schreiben oder Dokumente bekommt, welche der Unterschreibende nicht sehen soll. Dazu wurden Demjenigen viele Zettel zu Unterschriften vorgelegt, und mittendrin war dann Das, welches er nicht lesen durfte. Und oft klappte es, und schon hatte er sein Todesurteil unterschrieben. Im Film eben. Das kann ich mit meinem Vater nicht machen, der schaut sich jedes Blatt genau an. Es ist hier eben kein Film, sondern Wirklichkeit.
Da fiel mir spontan eine Lösung des Problems ein,

ICH unterschreibe! ..., mit dem Namenszug meines Vaters.
Oje, leichter gesagt als getan. Mein Vater unterschrieb mit einem Krakel in altdeutsch, und dann noch mit einem Geheimzeichen, von dem ich bisher nur gehört habe.
In meinem Hausaufgabenheft hatte ich ja genügend seiner Unterschriften, jede Woche eine Neue.
Ich holte flink dieses Heft aus meinem Schulranzen und schaute mir seine Unterschriften genau an. Ich konnte kein Geheimzeichen entdecken. Vielleicht mit einer Lupe?

Ich besaß ein kleines ausklappbares Vergrößerungsglas, es war mal ein Geschenk zum Geburtstag, " kann man immer mal brauchen..." so mein Vater damals. Ja, und nun brauchte ich's.
Trotz dieser Sehhilfe, konnte ich nichts Besonderes feststellen. Nun holte ich ein leeres Blatt und versuchte mit lockerer Hand und schwungvoll diese Unterschrift nachzuschreiben.
So ein Mist, es klappte nicht, man sah auf Anhieb, dass dies nicht die Unterschrift von Vater war.
Den Worten meines Vaters folgend, " Übung macht den Meister", probierte ich auf weiteren Blättern.
Jede Unterschrift sah anders aus.
Da kam mir die neue Idee mit Durchpauspapier. Solches nutze oft meine Mutter, wenn sie mit der Schreibmaschine schrieb und sofort zwei gleich beschriebene Blätter brauchte, so genannte Durchschläge.
Aber wo hat sie die wieder hingeräumt?
Erst nach einer zeitaufwändigen Suche fand ich sie, im Stubenschrank.

So..., Hausaufgabenheft, und ein leeres Papierchen unter dem Blatt mit der Unterschrift, und dazwischen den Pausbogen.
Mit gespitzter Zunge und ganz langsam fuhr ich mit einem Stift die Linien der Unterschrift meines Vaters nach.
Und nun der Kontrollblick. Es sah wirklich gut aus. Aber diese Bleistiftfarbe vom Pausbogen, ließ sofort erkennen, dass dies nicht eine Originalunterschrift ist.
Geht nicht! Kann ich nicht machen!
Noch ne Idee... Einfach die Unterschrift durchdrücken, und dann den Durchdruck mit Füller nachmalen. Das muss funktionieren. Also wieder..., Hausaufgabenheft, ein leeres Papierchen unter die Seite mit der Unterschrift und dann mit einem Stift die Unterschrift schön durchdrücken. Hey, das klappte!
Mit dem Schulfüller malte ich den fast unsichtbaren Durchdruck nach... Na, jetzt sah es wirklich echt aus. Und jetzt das ganze noch mal..., unter die "5".
Geschafft! Ich war stolz auf mich. Jetzt konnte ich die unterschriebene Arbeit getrost in der Schule wieder abgeben. Keinen Ärger für meine Eltern, kein Ärger in der Schule, es geht alles seinen Gang..., dachte ich...!
Falsch gedacht. Der Ärger blieb nicht aus, sondern kam genau zwei Tage nach Abgabe der unterschriebenen Arbeit von allein ins Haus.
Es war kurz vor dem Abendbrot als es bei uns klingelte.
Es war mein Klassenlehrer, Herr Heinrich.
Bei ihm hatten wir auch Geschichtsunterricht... Er wollte Vater sprechen.
Oh Gott, mir war ganz anders, meine Tat war ja noch nicht verjährt, alles noch ganz frisch. Wird der wegen der Arbeit da sein, oder wegen etwas anderem? Herr Heinrich und mein Vater kannten sich, so von künstlerischen Gebieten her. Abwarten...! Freundlich gab ich dem Lehrer meine Hand zur Begrüßung, er lächelte dabei. Vielleicht ist es nicht so schlimm....
Dann verschwanden mein Vater und der Besuch in der Stube,

derweil ich mich zu Mutter in die Küche verdrückte. Einmal ging sie auch in die Stube, um den Gast mit einem Getränk zu bewirten. Wieder in der Küche, fragte ich meine Mutter gleich, was denn Herr Heinrich von Vater will. Mit einem Blick, welcher mir Vorahnungen verspüren ließ, sagte sie, er sei wegen mir da, es gibt was zu klären.

Mir war schlecht...

Plötzlich kam Vater in die Küche und forderte mich auf, mit in die Stube zu kommen. Als ich durch die Stubentür trat, fiel mein Blick sofort auf den Tisch. Darauf lag sie, die Geschichtsarbeit mit " meiner " Unterschrift. Am liebsten wäre ich sofort in der Erde versunken oder sonst was, Hauptsache nicht da. Doch nichts dergleichen. Ob ich etwas zu sagen hätte, war die Frage von Vater, und beide Männer schauten mir dabei tief ins Gesicht. Dieses wurde ganz heiß und ich spürte wie mein Blut aus den Beinen ins Gesicht schoss.

Ich sagte nichts, konnte nicht... Was sollte ich noch sagen, es war eh alles klar und ich brauchte mir nichts mehr einfallen zu lassen.

In Anwesenheit meines Klassenlehrers und meiner Eltern, kam es zu einer großen Aussprache über mein Verhalten, und das Lügen kurze Beine haben, wobei ich ganz lange an mir herunter schaute und meine Beine betrachtete.

Dann habe ich hoch und heilig das Versprechen abgegeben, dass ich nie wieder eine Unterschrift fälsche. Man glaubte mir. Und so ersparte ich mir diesmal den Weg ins Nachbarzimmer mit dem offenen Fenster.

Es vergingen etwa 3 Wochen, als eine große Klassenarbeit im Fach Geschichte angekündigt wurde. Um allen Übel aus dem Wege zu gehen war mir eines klar, diesmal darf das Ergebnis keine schlechte Note sein. Und des weiteren, erst mal den Eltern nichts vom bevorstehenden Ereignis erzählen, um Stress zu vermeiden.

Für mich gab es nur zwei Alternativen, die mir sofort einfielen: erstens, ich übe und lerne fleißig und erhöhe damit die Chance auf eine gute Zensur, oder zweitens, ich nehme an der Arbeit gar nicht teil, weil ich krank bin.

Nun, die zweite Möglichkeit schob ich erst mal auf, ich wusste ja um meinen kommenden Gesundheitszustand in den nächsten drei Wochen nicht Bescheid, bin kein Hellseher.

Also, Lernen, Lernen und nochmals Lernen war angesagt.

Aber dazu nahm ich mir noch 14 Tage Zeit und war froh darüber.

Die Zeit verging und eine Woche vor der Klassenarbeit packte ich das Geschichtsbuch zur Hand, um mich nun auf die "Stunde Null" vorzubereiten.

Nach einer Weile spürte ich, dass es sinnlos ist, eine ganze Woche vor dieser Prüfung zu lernen, am Ende vergisst man noch die Hälfte. Zwei Tage vor der Arbeit zu ackern, reicht dicke zu... Ich legte das Buch wieder weg.

Nun, zwei Tage vor der Arbeit merkte ich sehr schnell, das ich den gesamt zu lernenden Geschichtsstoff nicht schaffe. Mein Kopf war mit anderen Dingen vollgestopft, dass einfach diese

Zahlen und Geschichtsdaten nicht rein gehen wollten. Und ich hatte es mir so doll vorgenommen!
Ich musste mir wieder was einfallen lassen! Gesundheitlich fühlte ich mich auf höchstem Posten, also zum Arzt und krank sein, ist nicht...
Also, doch in die Schule und die Arbeit mitschreiben..., nein, ich kann nicht..., aber es bleibt mir nichts anderes übrig. Einen Spickzettel.., schaff ich nicht, ist einfach zu viel Stoff.
Die ganze Nacht vor dem "Tag X" konnte ich nicht schlafen.
Ich wälzte mich hin und her.
Am Morgen ging's nach dem Frühstück, mit gepacktem Ranzen und dem obligatorischen "Tschüssi", in Richtung Schule. Es war noch finster und Schneematsch lag auf den Straßen. Die Gedanken huschten mir im Kopf herum..
Der Ranzen wurde mir schwer wie Blei und meine Schritte immer kürzer. Ich bekam regelrechte Panik wegen der Arbeit.
Kurz entschlossen kehrte ich um und schlich wieder nach Hause.
Meine Eltern hatten unterdessen das Haus verlassen und waren auf dem Weg zur Arbeit.
Ich bin krank...!
Aber den ganzen Tag zu Hause sitzen und abwarten, womöglich kommt noch jemand aus der Schule gucken, was mit mir los ist, nein. Zu Hause wollte und konnte ich nicht bleiben.
Und so kam mir plötzlich die Idee, mit dem nächsten Bus nach Dresden zu fahren und mir einen schönen Tag zu machen. Ich holte mir aus dem Küchenschrank den Busfahrplan und suchte die Strecke Oppach - Neukirch - Dresden heraus. Schnell geschaut, Finger unter die Abfahrtszeiten: 8:10 Uhr der Nächste. Ja, das schaff ich. Und zurück...15:00 Uhr. Da bin ich kurz nach 16:00 Uhr zu Hause und meine Eltern kommen erst um Fünf, prima.
So, Geld noch... Ich entnahm den Inhalt meiner Sparbüchse. Sechszehn Mark und Sechzig Pfennige waren drin, der Lohn

von der letzten Kartoffelernte während der Oktoberferien. Das reicht.

Den Ranzen stellte ich, so wie er war, hinter meinen Spielzeugschrank. Und auf ging's.
Im Schutze der Morgendämmerung und einem kleinen Umweg entlang der Bahnschienen, gelangte ich zur Bushaltestelle am "Oberland".
Schön eingehüllt in den Anorak und der Kapuze auf dem Kopf, wartete ich mit vielen anderen Fahrgästen auf den Bus. Ein bisschen unpünktlich, aber er kam. Es war ein Bus mit Anhänger, ich verkrümelte mich da hinein und setzte mich ganz hinten auf den allerletzten Platz, wo mich kaum einer sehen konnte. Der Kassierer kam und ich kaufte mir den Fahrschein bis Dresden, Wiener Platz: Drei Mark Zehn... Während der Fahrt benahm ich mich wie ein Erwachsener, der täglich auf Arbeit fährt oder eine wichtige Erledigung in der Großstadt vorhat, als wäre es das Natürlichste der Welt, Tag für Tag mit dem Bus nach Dresden zu fahren.
Kurz nach 9 war der Bus am Wiener Platz. Während der Fahrt hatte ich mir schon überlegt was ich in Dresden unternehme: ich besuche den Zoo, da ist es auf keinen Fall langweilig und ich kenne mich aus. In der Nähe der Endhaltestelle befindet sich der Hauptbahnhof, dort wo viele Straßenbahnen losfahren. Dort begab ich mich hin und fragte gleich einen dort Wartenden, mit welcher Bahn man zum Zoo kommt. "Mit der 9..."war seine Antwort. Also wartete ich auf die "9". Für

20 Pfennige war ich dabei, diese vier Haltestellen mit der Straßenbahn zu fahren. Halb Zehn war ich am Ziel.

Der Zoo war geschlossen. Eine halbe Stunde hatte ich noch Zeit bis zur Öffnung. Vor dem Kassenhaus lief ich auf und ab. Es lag bisschen Schnee in den Ecken und es war kalt, aber die Sonne lugte schon hinter den Wolken hervor.

Keine Menschenseele, die zu dieser Zeit in den Zoo will, alle auf Arbeit oder in der Schule. Herrlich, so ein freier Tag, dachte ich und freute mich auf die Tiere.

Punkt Zehn holte ich mir für 1 Mark Fünfzig die Eintrittskarte und war der erste Besucher an diesem Tag des Zoologischen Gartens.

Nun ging's der Reihe nach: Elefanten, Nashörner, gegenüber die Robben, dann paar Affen und anschließend das Löwenhaus.

Danach ging ich an eine Losbude. "Jedermann ein Los, für den Wiederaufbau des Zoos", stand mit großen Lettern am Häusel. Und von meinem Vater wusste ich, dass Losen eine feine Sache ist, denn er hatte oft schon Glück gehabt und einen wertvollen

Preis gewonnen, unter anderen auch mal ein Kaffeeservice.
Und hier stand jetzt ein "Trabant" als Hauptgewinn.
Meine Eltern würden Augen machen, wenn es hieße, sie könnten den PKW "Trabant" im Dresdener Zoo abholen, den ich gewonnen habe.
Und den unentschuldigten Schultag würden sie mir bestimmt dann verzeihen. Ein gewonnener Trabant ist doch mehr Wert, als eine Geschichtsarbeit.
Leider war es eine Niete. Macht nichts, weiter ging die Runde im Zoo. Das Interessanteste für mich war das Aquarium mit dem Reptilienhaus. Dort, wo die Krokodile und Schlangen sind. Da ging ich jetzt hin.
Da hielt man es aus bei der Kälte draußen, denn es war hier schön warm. Als mich der Hunger plagte, kaufte ich mir in der Zoogaststätte noch ein Mittagessen: Beefsteak mit Rotkraut.
Und dann gab es noch viel mehr zu sehen. Lamas, Zebras, Giraffen, Rinder, Pferde und so viel andere Tiere, dass ich sie gar nicht alle aufzählen kann.
So verging die Zeit, Stunde um Stunde...
Plötzlich fuhr ich zusammen. Oh Gott, wie spät ist es? Ich lief schnell zum Kassenhaus zurück und fragte nach der Uhrzeit. Kurz nach halb Drei. Ich darf den Bus nach Hause nicht verpassen! So schnell ich konnte lief ich raus aus dem Tierpark, weiter die Straße entlang, wo die Straßenbahn fährt, in Richtung Hauptbahnhof. Dann zum Wiener Platz. Dort befand sich eine Standkasse. Ich fragte, wo der Bus nach Neukirch abfährt. Man erklärte mir nun den Weg zu einer Straße, wo sich der Abfahrtsstand befand. Ich suchte die Straße, doch vor lauter Aufregung fand ich sie nicht schnell genug. Vom Bus sah ich nur noch die Rücklichter. Wieder zurück zur Standkasse. Wann fährt der nächste Bus? Sechszehn Uhr! 'Da bin ich ja erst nach Fünf zu Hause und meine Eltern kommen auch um diese Zeit heim...' schoss es mir durchs Gehirn.
Während der gesamten Fahrt im Bus bewegte mich nur noch

eine Frage: wer wird zuerst zu Hause sein, meine Eltern oder ich. Davon hing es nun ab, ob diese Sache raus kommt.

Von der Haltestelle in Neukirch nach Hause rannte ich wie ein Wilder, ich kam mir vor wie ein Verbrecher auf der Flucht.

aber die Sache entschied sich an der Wohnungstür.

Meine Eltern waren 10 Minuten vor mir angekommen. Mutter entdeckte meinen für den Tag frisch gepackten Ranzen hinterm Spielzeugschrank. Sogar das Pausenbrot war noch drin, welches sie mir früh bereitet hatte.

Vater empfing mich im Flur, als ich die Wohnung betrat. Mit einem saloppen "Hallo" und der Frage wie es in der Schule war, wies er mir gleich den Weg zur Schlafstube und sagte fast nebenbei: "Und mach das Fenster zu, dieser Tag wird dir noch eine Weile in Erinnerung bleiben!"

Ich erinnere mich heute noch dran.

*

Nachwort

Mittlerweile sind Jahrzehnte vergangen und ich bin, mit jetzt 52 Jahren, nicht minder lausbubenhaft oder ein Pechvogel. Aber es ereignen sich halt die Dinge in einer anderen, neuen Zeit. Geschichten aus dem Erwachsenenleben passieren in einer anderen Qualität, überlegter und bewusster, und man nimmt sie meist nicht mehr so humorvoll auf, wie diese aus der Kinderzeit. Die Verantwortung für Andere und sich selbst, spielt dabei eine große Rolle.
Die Ereignisse überschlagen sich manchmal und das Leben kommt ganz anders als man es denkt.
Meine damaligen Berufswünsche, Schauspieler, Musiker oder Sänger zu werden, erfüllten sich nicht. Meine Immatrikulation als Musikstudent in Dresden, ließ ich wegen einer Beziehung zu einem Mädchen sausen. Dafür schauspielere ich jetzt nebenbei seit nunmehr 13 Jahren an einem Amateurtheater, was mir viel Freude und Ausgleich zu meiner Tätigkeit gibt.
In der vergangenen Zeit seit damals hat sich viel ereignet: Schulabschluss, Lehre als Traktoren -und Landmaschinenschlosser, Armeezeit, Abitur, Studium und Abschluss als Staatswissenschaftler. Nun, seit über 30 Jahren bei der Polizei, übe ich eine Leitungsfunktion bei der Kriminalpolizei aus.
Ist es nicht verrückt wenn man bedenkt, welche eigenartigen Fügungen sich manchmal ergeben?
Haben die Kinderspiele "Mutter, Vater, Kind" beziehungsweise "Onkel Doktor" mit dazu beigetragen, dass meine damalige Spielgefährtin Uta heute die Frau eines Urologen und selbst in der Praxis mit tätig ist?
Oder, bin ich nicht damals als Kind unberechtigt in die Wohnung meines Onkels eingedrungen, habe in die Schränke geschaut, ein Luftgewehr entnommen und damit

herumgeschossen?
Hab ich nicht damals als Kind Unrechtens unter jene Geschichtsarbeit eine Unterschrift gefälscht...?
Und heute bekämpfe ich selbst derartige Dinge in meinem Beruf als Kriminalist.
Aber so ist halt das Leben... Immer neue Frage, immer neue Antworten.
In Neukirch/L. wohne ich seit 1967 nicht mehr, wir zogen nach Neustadt/Sachsen, wo mein Vater 1969 verstarb. Meine Mutter heiratete 6 Jahre später wieder und wohnt seit dreißig Jahren in Taubenheim/Spree.
Nach zwei gescheiterten Ehen habe ich mein zu Hause heute in Bautzen gefunden, in meiner Stadt. Neukirch/L. habe ich hinter mir gelassen, aber die Erinnerungen an die Zeit meiner Kindheit möchte ich für immer aufbewahren.
Das Alfons Zitterbacke heut noch und überall dabei ist, zeigt eine letzte kleine Geschichte aus jüngster Vergangenheit.

Bautzen, im Oktober 2006 Dietmar Seitz

13 Weihnachten *oder* Glück im Unglück 2

Das Jahr 2005 neigte sich dem Ende zu. Seit langer Zeit allein lebend, lernte ich Ende November über ein Zeitungsinserat Monika kennen, eine 46 jährige Frau mit 1,58 Metern Größe und 48 Kilogramm Gewicht, ein zierliches Wesen aus einer Gemeinde bei Bischofswerda.

Ein erstes geführtes Telefonat und die jeweilige Vorstellung der eigenen Person führten dazu, ein Treffen Anfang Dezember in Bautzen durchzuführen. Ich wollte sie persönlich kennen lernen und, ich denke, wir waren beide auf uns gespannt.

Etwas aufgeregt und dem Gedanken, was mich erwarten würde, begab ich mich zum Date.

Wer mir da begegnete, war eine kleine, in einen grauen Mantel gehüllte, unscheinbare Frau, mit gelocktem, natürlich rotem Haar. Mit meiner Länge von 1,90 Metern, kam ich mir ihr gegenüber wie ein Riese vor.

Sollte dies aber gleich das “AUS” sein?
Nein, allein die Äußerlichkeiten sollten nicht über gegenseitige Sympathie oder nicht Sympathie entscheiden.
Also machten wir uns einen netten Gesprächsabend bei gutem Essen und Wein.
Jeder erzählte Dinge aus seinem Leben, und der Andere konnte Verständnis für bestimmte Gegebenheiten aufbringen. So erfuhr ich, dass Monika seit ihrer Ausbildung mit Haut und Haar Friseuse ist, dass sie zwei erwachsene, in Bayern lebende und in Partnerschaft wohnende Töchter hat, und dass ihr geschiedener Mann unter anderen ein verantwortlicher Feuerwehrmann im Ort ist. Außerdem gehört ihm das Mehrfamilienhaus, in dem Monika zur Zeit noch wohnte.
Stück für Stück wuchs die Neugier auf “Mehr”. Am Ende des Abends war uns klar: wir werden uns wiedersehen.
Nach weiteren Treffen in Bautzen und ein paar gemeinsamen Unternehmungen in schöner Umgebung bei winterlichem Wetter, war es soweit: Monika lud mich am zweiten Weihnachtsfeiertag zu einem Abendessen bei sich nach Hause ein.
Etwas nervös, mit kleinen Geschenken zur Weihnachtszeit und einer Flasche Wein untern Arm, fuhr ich an diesem Abend ganz gespannt zu ihr.

‘Wie wird ihre Wohnung eingerichtet sein, ist sie eine ordentliche Hausfrau, was wird es zu Essen geben und wie wird es angerichtet sein...?’, waren meine innerlichen Gedanken.
All diese Fragen wurden mit Bravour beantwortet. Monika

hatte eine sehr schön eingerichtete große Wohnung, sauber und ordentlich. Ja, so habe ich sie auch kennen gelernt und eigentlich nichts anderes erwartet. Die Wohnstube war weihnachtlich geschmückt, der Tannenbaum strahlte und überall brannten Kerzen. Ich fühlte mich sehr wohl und gleich wie zu Hause.

Auf meine Frage, was für eigenartige Kästchen über den Türen angebracht sind, erklärte sie mir, dass ihr Ex-Mann, als Feuerwehrmitglied sehr auf Sicherheit bedacht war und in den Räumen Rauchmelder angebracht hat. Nun gut.

Monika führte mich ins Esszimmer. Oh, was hatte sie da für eine wundervolle Tafel angerichtet. Teller und Gläser standen akkurat an ihren Plätzen. Der Tisch war mit einem eigens dem Anlass gefertigten Weihnachtsgesteck geschmückt. Es gab Vorsuppe, dann selbstgemachte gefüllte Wurstbräter mit tollen Beilagen, einer süßen Nachspeise und natürlich Wein.

Es war wie ein Traum. Plötzlich drang ein ohrenbetäubendes Heulen an unsere Ohren, was jedoch nach wenigen Sekunden wieder verstummte.

Monika sagte, dass dies der Rauchmelder in der Stube sei, er wäre defekt und müsste unbedingt repariert werden, also keine Panik.

Wir genossen die Speisen und prosteten uns zu, wie Verliebte das halt so tun. Wieder ertönte dieser schrille Ton aus der Stube.

Ruhig bleiben, dieses Sirenengeheul geht gleich wieder aus. Und so war es auch. Nach wenigen Sekunden, war der Lärm wieder überstanden.

"Na, das kann aber nicht dauernd passieren, da wird man ja irre...", äußerte ich wenig gespitzt. Monika beruhigte mich. Dies würde nur ganz, ganz selten geschehen. Nach den Feiertagen wird sie dieses Ding abbauen lassen.

"Wer bringt schon so etwas in seiner Wohnung an...", warf ich altklug ein.

"Na mein Mann eben, der ist ja Feuerwehrhauptmann...", wobei wir etwas gelassen über diesen Ausspruch lachten.

Mitten in unserer Fröhlichkeit, gerade als Monika mir einige Fotos zeigte, brüllte der Apparat wieder los. Aber diesmal vergingen mehr als Sekunden. Fast eine Minute hindurch blökte das Ding, bis es uns zu viel wurde.

Nun wollten wir der "Heule" den Garaus machen und begaben uns in Richtung Wohnzimmer. Aber was war das? Schon im Flur kam uns beißender Qualm entgegen. Schnell die Stubentür auf, und da sahen wir mit Entsetzen, dass die Schrankwand in Flammen stand.

Eine Kerze neben der Anbauwand war runtergebrannt und hat herumliegendes Flitterzeug entzündet. Das Feuer griff auf den Schrank über, welcher an einer Seite gleich lichterloh brannte.

Schnell!! Wasser!! Monika rannte in die Küche und holte einen Eimer Wasser, in der Zeit ich das brennende Wachs von

der Schrankwand wegzog.
Dann das Wasser aus dem Eimer über den Schrank ,und noch einen Zweiten hinterher. Gelöscht!
Gott sei Dank! Wir zitterten. Vielleicht 5 Minuten später und die ganze Stube hätte gebrannt, dann das ganze Haus. Nicht auszudenken! Die Wohnung stank entsetzlich. Alle Fenster auf! Wir mussten uns erst einmal hinsetzen, wir zitterten am ganzen Leib. Jetzt erst einmal einen Schnaps zur Beruhigung.
Unsere Gedanken kreisten. Die Hausbewohner hätten evakuiert, die Feuerwehr alarmiert werden müssen.... Nicht auszudenken! Dann hätte Ihr Ex-Mann, sein eigenes Haus löschen müssen...
Wir lagen uns in den Armen und trösteten uns gegenseitig von diesem unsagbaren Schreck.
Zwei Monate später war von der ganzen Sache nichts mehr zu sehen. Monika hatte sofort Verbindung zu dem Möbelhaus aufgenommen, von der sie damals diese Schrankwand kaufte. Die Firma hat die verbrannten Teile gegen Neue ausgetauscht.
Ja, so begann eigentlich unsere Beziehung mit einem wahren Glück im Unglück. Und das zu Weihnachten, dem Fest der Liebe! Wenn das kein Omen ist?
Heute wohnt Monika in Bautzen und wir sind fast ein Jahr zusammen....
Übrigens wird jetzt immer genau geschaut, ob alle Kerzen gelöscht sind. Somit sparen wir das Geld für den Rauchmelder.

*　　　　　*